51

1302.

IMPRIMERIE DE E. DUVERGER
RUE DE VERNEUIL, N° 4

NOTE

SUR DES

QUESTIONS A L'ORDRE DU JOUR.

> Rien ne peut se changer en mieux parmi
> les hommes que *divinement*.
> ORIGÈNE.

> *Plenus sum sermonibus. . . . . loquar.*
> *et respirabo paululum.*
> JOB, XXXII, 18, 20.

NOTE

SUR DES

QUESTIONS A L'ORDRE DU JOUR[1].

> Rien ne peut se changer en mieux parmi
> les hommes que *divinement.*
> ORIGÈNE.

> *Plenus sum sermonibus. . . . . loquar*
> *et respirabo paululum.*
> JOB, XXXII, 18, 20.

I. Leibnitz a dit que Dieu avait eu la prière en vue avant de régler les choses. Puisque Dieu a eu la prière en vue, il a dû frapper d'impuissance ceux qui n'y ont pas recours[2]; je l'invoque donc pour qu'il daigne féconder mes efforts : « O Dieu ! la créature ne sait pas pourquoi vous l'avez faite ; apprenez le-lui, et daignez faire de moi ne fût-ce que le plus faible des instrumens de vos desseins. »

II. Ce qu'on va lire n'étant pas écrit sous la dictée des passions ne doit pas être jugé par elles. C'est l'exposé d'une façon de voir offert comme contingent social pour provoquer d'autres méditations

---

(1) Celui qui publie cet écrit, qui a été porté dès le 25 avril dernier à la connaissance d'éminens personnages, voulant rester à l'avenir et à jamais étranger à la politique, désire être inconnu. N'ayant aucune importance sociale, il le peut, puisque son nom n'ajouterait aucun poids à ce qu'il dit. Si cependant cette publication attirait des persécutions à l'imprimeur, il se ferait connaître pour être passivement responsable.

(2) Donnez-moi, disait saint Vincent de Paul, un homme d'oraison, et il sera capable de tout.

I

plus éclairées, qui puissent faire distinguer la réalité à travers les nuages qui obscurcissent le passé, et dégager le présent de cette auréole dont les rayons éblouissent ceux même qui ont l'intention de l'observer de bonne foi. L'auteur de ces considérations ne redouterait rien plus que de paraître novateur ; le but qu'il se propose n'est point d'amener les autres à des opinions qui lui seraient particulières, mais de se mettre en harmonie complète avec ceux dont il partage les principes et les sentimens. On peut assurer d'ailleurs qu'il exprime des convictions personnelles et sincères ; aucun esprit de parti ne l'influence ; il n'appartient à aucune coterie, et aucune vue d'intérêt privé ne lui commande. Il croit que la presse n'obtiendra une place élevée dans l'opinion que si elle se borne à produire sur les événemens contemporains des jugemens aussi calmes que ceux qu'on porterait sur les siècles écoulés. Telle est la disposition d'esprit qui a présidé à la rédaction de cet opuscule : et si l'on espère être de quelque utilité, c'est que « rien n'aide à la logique comme beaucoup de bonne foi et « de simplicité ».

III. L'homme est un reste de lui-même, une ombre de ce qu'il fut dans son origine. Par suite de la corruption de cet être déchu, le lien de la famille ne suffisait plus. Alors Dieu imprima à l'homme un penchant irrésistible vers l'état de société, et lui fit sentir en même temps la nécessité de l'assujétissement social, pour lui procurer ainsi toute la félicité possible de la vie temporelle, comme par le rédempteur promis et accordé il lui procurait la possibilité du bonheur éternel.

« L'homme en tout état, dans toutes les situations et dans tous les « climats, tend également à la société. [1] » Cette tendance est donc une loi invariable, une propriété de l'espèce humaine. C'est ainsi qu'existent pour certaines substances inanimées les lois immuables de la cristallisation. C'est ce qui avait porté les philosophes grecs à appeler le monde *ordre*. L'état de *multitude* n'est donc jamais que transitoire, et l'état sauvage une punition de race dont nous ne pouvons pénétrer

(1) Buffon.

les motifs, tout en apercevant qu'il livre l'homme à l'influence du génie du mal, puisqu'il le soustrait à l'ordre et à la paix. L'état sauvage est un fait, il ne saurait constituer le droit, comme le prétend Hobbes; car c'est le chaos des êtres intelligens; et le chaos matériel n'était aussi qu'un fait contre nature.

IV. Malgré la sociabilité inhérente à l'homme, sociabilité qui a fait dire à un des plus célèbres philosophes de l'antiquité que l'homme est un animal politique (ou social), les hommes ne s'organisent en société que sous l'influence de la Providence.

« Si le corps est l'organe ou l'outil de l'homme, son ame est celui « du créateur; si les nuées, les vents et les pluies servent d'instrument « à Dieu, il est bien plus vraisemblable que l'ame, étant le plus bel « organe créé, sert à tous les desseins de Dieu. » Ce qui a fait dire à Cicéron : « Dieu sera éternellement lui seul et l'instructeur et le sou- « verain de tous les hommes; » à quoi il ajoute d'après les pythago- riciens : « De tout ce qui se fait sur la terre, rien n'est plus agréable au « Dieu suprême que les réunions et les sociétés d'hommes formées « sous l'autorité des lois. »

V. « La société est donc de droit divin : c'est un contrat d'un « ordre supérieur entre ceux qui vivent, entre ceux qui sont à naître, « et entre ceux qui sont morts. . . . . Contrat invio- « lable d'une société éternelle qui met en connexion le monde visible « avec le monde invisible. »

Une loi si sublime ne saurait être soumise à la volonté de ceux qui, par une obligation qui leur est infiniment supérieure, sont forcés eux- mêmes à y soumettre leur volonté.

VI. Il ne s'agit donc jamais, politiquement parlant, de considérer l'homme comme un être isolé, mais comme un être social; et par suite il est absurde de s'occuper de la souveraineté de la multitude, puisque cette multitude passe à l'état social d'après la propriété de la nature humaine, sans le consentement des individus. « L'ordre moral « est l'ouvrage de Dieu; en vain l'homme cherche à s'y soustraire; il « est libre de le perdre, mais il ne s'en affranchit jamais. »

VII. L'individu n'a aucun droit sur son semblable, et ne peut par conséquent déléguer de droit à d'autres. Chaque homme est doué de l'attribut qui le distingue entre tous les êtres. Quant aux avantages individuels, moraux ou physiques, ils sont des bienfaits du dispensateur de toutes choses; mais ils n'élèvent aucun homme à une nature supérieure. Les pouvoirs qui s'exercent sur la société ne peuvent donc être un droit individuel, mais seulement empruntés de la divinité, ou de droit divin.

Pour que la société, d'après cette égalité d'essence entre les hommes, pût être légale en étant d'institution humaine, il faudrait des choses impossibles. Chacun de ces hommes (qui pour vivre en société sont forcés d'abandonner une partie des droits de l'individu, et de contracter des obligations en s'imposant des *devoirs réciproques*) devrait intervenir personnellement dans un pacte social; chacun d'eux devrait avoir une intelligence complète et suffisante pour apprécier les avantages qu'il sacrifie et les obligations qu'il contracte; et dès lors chacun des individus compris dans la multitude qui se réunit en société devrait être dans l'âge viril de l'intelligence, et assuré contre toutes les maladies qui pourraient altérer l'exercice de ses facultés élevées à leur apogée par une instruction forte et solide. Il faudrait encore que tous les individus des générations qui se succéderaient vinssent consentir pour eux le pacte social. C'est ce qu'ont bien senti les révolutionnaires eux-mêmes lorsque, dans la déclaration des droits de l'homme et du citoyen de la constitution de 1793, ils ont dit, art. 17 : « La souve- « raineté réside essentiellement dans l'universalité des citoyens. » Et art. 18 : « Nul individu et nulle réunion partielle de citoyens ne peut « s'attribuer la souveraineté, puisque l'universalité seule peut se pré- « tendre souveraine. »

VIII. On voit qu'il résulte de ces principes posés par les sectateurs mêmes de la souveraineté du peuple que cette souveraineté ne peut exister. Car on ne saurait supposer que le créateur de l'univers, le fondateur de l'ordre, ait conçu son ouvrage en le soumettant *à des nécessités impossibles*. Puisque l'universalité des suffrages peut seule se prétendre souveraine, jamais le souverain ne peut exprimer une volonté ; car jamais il ne pourra y avoir universalité de vote ; et dès lors, d'après les principes qui viennent d'être rapportés, aucun citoyen non consentant ne peut être coupable en refusant de se soumettre à un prétendu pacte social auquel il n'a point adhéré, et qui n'a pas dès lors les caractères nécessaires pour être complet et devenir obligatoire. Ce qu'un individu faisant partie de la multitude pourra objecter, à plus forte raison les générations qui se succéderont pourront l'alléguer. Il faut donc que l'intervention divine soit reconnue pour que l'homme, au lieu de se débattre dans des liens où il serait garotté par ses égaux, affectionne ces mêmes liens comme un bienfait ; pour qu'il se livre à l'espérance d'y trouver la félicité à laquelle il peut aspirer, puisque les devoirs sociaux étant d'institution au moins originairement divine ne peuvent être imposés à l'homme que pour son bien-être. Alors, loin d'être irrité contre les devoirs qui l'enchaînent, ce qui aurait lieu s'il les croyait l'œuvre de la force sans le droit, il bénit ces lois sociales dictées par celui qui lui a donné l'être, qui peut le lui retirer, et par conséquent le laisser vivre, sans injustice, avec une liberté ou une dépendance plus ou moins grande. Car, outre que Dieu possède non-seulement le temps, mais encore l'éternité pour être juste envers tous ; sur la terre même il peut, par l'espérance de l'autre vie et la paix intérieure, produire dans l'homme persécuté, méprisé, et rabaissé à une situation abjecte, un bonheur mille fois plus grand que celui dont les biens apparens semblent combler son dominateur. Ainsi, et pour conclure d'après l'exposé qui précède, je dirai que la société est de droit divin immédiatement, et que tous les pouvoirs qui règnent sur elle et la gouvernent sont de droit divin d'une manière indirecte ou médiate : ce qui revient à dire que Dieu est l'auteur de la société universellement parlant, comme de chaque famille sociale, ou de chaque état.

IX. C'est de cette manière que s'explique le droit divin des souverains, et que tout droit ou toute légitimité, ce qui est synonyme, remonte à Dieu sans solution de continuité. D'où il résulte que la

société se formant sous l'influence de Dieu par des circonstances fortuites, par l'intervention des hommes qui dominent la multitude en
vertu de l'ascendant d'une force physique ou morale, jamais le peuple
n'est appelé à s'exprimer individuellement; jamais les sociétés ne se
forment et ne peuvent se former par l'universalité des suffrages, mais
seulement par une autorité supérieure à l'homme, une autorité qui
peut le récompenser et le punir, en vertu de son souverain empire
sur la partie supérieure de l'être humain.

X. Nous dirons donc, avec M. Odilon-Barrot, que la souveraineté
existe par délégation, et non d'une manière réelle et absolue, même
chez les rois, puisqu'ils sont investis providentiellement du devoir
de représenter la société, nous ajouterons que c'est parce qu'elle
n'existe dans sa plénitude qu'en Dieu; et nous expliquons que la souveraineté n'existe jamais dans le peuple, si l'on entend par-là dési-
gner la *multitude*, puisque souveraineté comprend autorité et soumission (ce qui ne peut exister dans aucun être *simple*), et suppose la
responsabilité, sans laquelle tout pouvoir est vicieux, à moins qu'il ne
commande et règne par l'être incréé qui possède le pouvoir par sa
propre essence.

XI. La société, en se formant, établit plus ou moins parfaitement
les pouvoirs qui la régissent; elle les modifie ensuite d'après des règles
qui la caractérisent. Si l'un de ces pouvoirs succombe, même l'autorité
suprême, ce n'est jamais la multitude qui hérite; la succession passe
aux pouvoirs sociaux qui subsistent et ont résisté aux événemens ayant
le caractère de force majeure : eux seuls en effet présentent une responsabilité que n'offre point l'individualité[1]. Si on voulait alléguer contre

(1) On peut démontrer que jamais ce n'est la multitude qui doit hériter des pouvoirs
sociaux, sous peine de voir l'état de barbarie se perpétuer indéfiniment. En effet, à la
naissance des sociétés, le plus grand nombre dans la nation est encore à l'état de barbarie : si donc la multitude prononçait, elle imposerait un système de brutalité et des
choix qui seraient analogues à ce système : elle ferait ainsi écraser par des hommes
brutes le petit nombre de ceux dont l'intelligence se serait développée. Au contraire,
là où l'ordre social hérite de pouvoirs qui disparaissent, ce sont les hommes les plus
intelligens qui interviennent; il y a chance perpétuelle de progrès dans la civilisation
par l'ascendant des intelligences sur la force brutale.

ce qui vient d'être dit l'exemple de quelque démocratie pure de l'antiquité, nous ferions observer que là même il y avait autre chose que la multitude, qui suppose l'égalité des droits, puisqu'il y avait les esclaves d'une part, les maîtres de l'autre, par conséquent ceux qui imposaient le joug et ceux qui le subissaient.

XII. Politiquement parlant, il n'existe donc point d'individus, mais seulement des sociétés qui doivent être considérées comme des êtres moraux qu'on désigne sous la dénomination de nation. Ce qui constitue la nation, ce n'est pas la communauté du sol, mais la communauté du principe social et des lois, ce qui convient également à la désignation de société, puisqu'on entend par-là un assemblage d'hommes unis par la nature et les institutions : c'est ainsi qu'on dit *la France*, *l'Angleterre*, *la Russie*, etc.

XIII. Tout pouvoir légitime, d'après ce qui vient d'être établi, ne peut procéder que de la société agissant selon l'ordre et les principes de son organisation ; et les seuls pouvoirs qui ont cette origine sont de droit divin dès leur apparition, comme émanant régulièrement et légalement de la société qu'ils doivent régir ou gouverner ; ce sont en un mot des pouvoirs *de droit*. Quant aux pouvoirs qui sont le produit de l'insurrection ou de l'usurpation, ils ne sont que des pouvoirs *de fait*, et ne peuvent être considérés comme de droit divin.

XIV. Toute usurpation est le résultat d'un *dol social ;* mais si c'est là ce qui la caractérise à sa naissance, elle peut cependant devenir légitime par la prescription, qui suppose le rétablissement de l'ordre par un laps de temps suffisant pour produire l'expiation, et accumuler des œuvres méritoires (socialement et moralement parlant) capables de neutraliser le vice originel. Ainsi, dans la propriété, l'usurpation peut produire le droit d'après des conditions civiles. La différence, c'est que relativement à l'illégitimité des pouvoirs sociaux, l'expiation sera non-seulement nécessaire quant à l'usurpateur, mais encore quant à ceux qui auront favorisé l'usurpation. Jusqu'alors ils dessécheront, au lieu de prospérer, sous le pouvoir qu'ils auront illégalement créé ou laissé s'élever en abandonnant le pouvoir légitime, parce que l'intervention de Dieu n'est assurée qu'en faveur de ce qui est *dans l'ordre.* C'est ainsi qu'il n'aide au pouvoir illégitime que par des circonstances accidentelles ou des motifs indépendans du droit d'être protégé. On peut donc établir que l'état de légitimité dans l'ordre temporel est comme l'état de grace dans l'ordre spirituel : c'est le lien qui unit les sociétés à leur auteur. Si ce lien se relâche, tous les efforts doivent tendre à le raffermir ; s'il se rompt, il n'y a plus de communication possible jusqu'à ce qu'il soit rétabli ; c'est le seul fil par lequel les sociétés peuvent être conduites à une fin salutaire. La prérogative des peuples soumis à l'autorité légitime, c'est que le souverain injuste et prévaricateur se porte malheur à lui-même, mais ne saurait porter malheur à ceux qui souffrent *par lui.* L'histoire aussi bien que la raison prouveraient que quand l'illégitimité d'un souverain n'a point été le produit d'une complicité plus ou moins complète de la nation, les résultats ne sont pas les mêmes que dans le cas contraire. Dans la dernière hypothèse, les peuples et leur chef semblent suivre une direction qui les éloigne de plus en plus de la divinité pour les attacher aux intérêts matériels ; leur existence se complique, et ils ne sont plus aptes qu'aux jouissances corporelles, à celles de l'esprit humainement parlant, c'est-à-dire à celles qui s'achètent et se paient, au lieu d'être accessibles à celles qui sont l'attribut de la partie supérieure de l'ame. « Dieu a voulu « qu'il y eût dans toutes les corporations une puissance politique à la-« quelle on doit obéir, sous peine d'éprouver sur la terre l'effet que « causerait à l'harmonie céleste le dérangement du cours réglé des astres « et des saisons ; » et il punit toujours les trangressions de cette loi, quoique souvent nous n'apercevions pas les châtimens qu'il inflige, parce que sa puissance s'étend sur la partie spirituelle de l'homme, et que d'ailleurs l'éternité est patiente.

XV. Le pouvoir suprême n'est pas inamissible ; mais la société seule peut le suspendre : non la majorité des individus, puisque nous avons démontré qu'elle ne l'a pas créé. Quant à la déposition, elle ne détruit pas le lien, elle n'ôte que l'exercice à l'individu déposé. Il ne doit pas en être autrement du pouvoir suprême que des autres pouvoirs sociaux, qui ne peuvent jamais être déposés que par le pouvoir supérieur ; par conséquent le pouvoir suprême ne pourra être déposé que par le faisceau de tous les pouvoirs sociaux.

C'est ainsi qu'il faut entendre saint Thomas lorsqu'il dit que la puissance publique, l'autorité, est *un être* qui se rapporte *au souverain Être* ; que c'est *un être créé de Dieu* incessamment dépendant de lui *Être incréé*. Dès lors, quand il parle d'un roi choisi par le peuple, il n'entend pas parler de la multitude peuplant un territoire, ce qui comprendrait même ceux qui ne sont pas des naturels, même les étrangers ; il veut dire la nation ou la société organisée, formant l'autorité publique réduite pour lui à *l'unité*, sous la dénomination d'*être*. Et c'est ainsi qu'en induisant ce qui a rapport à la déposition de ce qui produit l'élection, il établit que ce ne sont pas des particuliers qui peuvent y procéder, mais l'autorité publique qu'il appelle nation ; et c'est en partant de la pensée que Dieu a établi lui-même dans le monde l'ordre, d'après lequel les uns commandent et les autres obéissent, qu'il conclut que toute puissance vient de Dieu. En effet, la véritable harmonie ne peut exister que dans ce qui remonte jusqu'à la Divinité. « L'homme « comme les sociétés sont sublimes tant qu'ils sont en rapport avec le « Créateur : leur action est alors créatrice ; au contraire, dès qu'ils se « séparent de Dieu et qu'ils agissent seuls, ils ne cessent pas d'être puis- « sans, car c'est un privilége de leur natur e ; mais leur action est néga- « tive et n'aboutit qu'à détruire. » L'apparence contraire ne saurait être invoquée victorieusement ; car entre ce qui consolide les sociétés par les mœurs publiques et la prospérité apparente qui se signale par le développement de l'industrie et du commerce produisant les richesses et le luxe, il y a toute la distance qui sépare le vrai et le faux. Cette dernière prospérité n'est quelque chose que comme récompense vaine accordée à des actions et à des vertus vaines par la souveraine justice qui ne laisse rien sans rémunération, mais proportionne le prix au mérite, et donne aux hommes et aux nations qui ont méconnu les devoirs de la partie supérieure de l'être humain envers son Créateur, et n'ont eu que le monde pour objet, des récompenses fugitives et par conséquent sans avenir.

XVI. C'est le principe religieux qui a tout créé, c'est l'impiété qui détruit tout. Et qu'on ne croie pas qu'il s'agisse seulement ici du christianisme, car il ne peut y avoir de religion même fausse sans un mélange de vérité. Ainsi l'impiété combat toujours Dieu, plus ou moins manifesté. Mais Dieu étant la vérité, l'impiété qui lutte contre la vraie religion ou la vérité *tout entière* produit de plus grands maux au moral. Le crime est toujours proportionné aux lumières dont on était entouré, et qui pouvaient préserver de le commettre. La société du dix-huitième siècle doit donc être ébranlée dans ses fondemens, puisqu'elle s'est insurgée contre Dieu manifesté de toutes parts, et *a guerroyé Dieu de ses dons*, selon l'expression de saint Louis.

XVII. Nous avons vu que le pouvoir suprême n'est pas inamissible. A plus forte raison les autres pouvoirs sociaux ne le sont pas; mais le pacte social doit l'être, c'est-à-dire que s'il peut être légalement modifié dans toutes ses parties par les pouvoirs qui le représentaient, il ne peut jamais être anéanti. Il est en cela, d'après son origine divine, assimilé à l'être humain, qui ne s'étant pas donné l'existence ne peut se suicider.

XVIII. C'est ici que la comparaison entre l'ordre légitime et l'illégitimité peut être faite utilement. Dans l'ordre légitime, le pacte social primitif a donné immédiatement naissance à la forme actuelle du gouvernement, ou bien la prescription et le temps ont uni les rudimens sociaux à des institutions successives, et une légitimité nouvelle s'est formée. Ce qu'elle produit est alors légitime comme elle. Si, au contraire, l'illégitimité était flagrante, ou si des illégitimités s'entre-détruisant se succédaient, fût-ce même pendant des siècles, le pacte légitime qui existait au moment de la première usurpation subsisterait toujours et devrait être considéré comme l'ancre de salut au milieu des tempêtes. La perpétuité des nations ne saurait être détruite que par la conquête étrangère, mais jamais légalement par des causes intestines. Quant aux destructions par la conquête, elles ne peuvent être approuvées de la société des nations civilisées qu'autant que le peuple subjugué a prouvé, par une anarchie permanente, qu'il n'était plus une nation, mais un assemblage hétérogène de factions et d'élémens anti-sociaux, comme cela est arrivé à la Pologne. Le peuple qui ne sait pas se commander obéira; l'empire du monde est au plus digne: c'est la maxime de Vico. Dans tout autre cas la nationalité doit survivre à la conquête, malgré la diminution possible du territoire et des élémens de prospérité. Ce qui est établi ici d'après les principes se produit d'ailleurs par la force des choses. Le territoire d'une nation ne peut être conquis de manière à anéantir la nationalité du peuple qui l'habite, qu'autant que ce peuple aurait précédemment détruit ou relâché les liens sociaux qui le constituaient, en sorte que son anéantissement comme nation ne serait plus une entreprise au-dessus des forces des peuples conquérans.

XIX. Voilà tout ce qui concerne les sociétés. Quant au pouvoir qui y préside, je voudrais considérer toutes les combinaisons qu'il comporte; mais je ne le puis d'après les limites que je me suis prescrites. Je n'examinerai donc qu'un système de gouvernement, le gouvernement monarchique, et entre les diverses monarchies celle où l'autorité royale, comme en France avant 1789, n'est ni despotique ni mitigée par d'autres pouvoirs, mais réglée par l'organisation sociale et les lois de titre ou fondamentales. J'appelle ce gouvernement monarchie absolue. L'autorité royale, dans ce système de gouvernement, a deux natures distinctes : son premier attribut lui donne le droit de représenter la souveraineté sociale; le second celui de commander à la nation et d'agir en son nom.

XX. D'après le premier de ces pouvoirs, le roi est l'appréciateur suprême des besoins de la société et a le droit d'y pourvoir, soit que des besoins soient exprimés, soit qu'il les reconnaisse par sa propre investigation, indépendamment de toute manifestation.

Par le second, il gouverne en exécution des lois fondamentales du royaume et des autres lois. Ainsi il pouvait, avant 1789, faire des édits et des ordonnances qui n'avaient besoin que d'être en harmonie avec les lois fondamentales du royaume. Pour bien comprendre cet ordre de choses, il faut savoir qu'on appelait lois fondamentales toutes les lois écrites ou tacites qui étaient liées à l'organisation sociale par leur exécution libre et le respect des générations, c'est-à-dire par les deux conditions qni liaient les institutions aux mœurs publiques, et formaient ces monumens nationaux dont les ruines mêmes commandent long-temps le respect.

XXI. Depuis la charte de 1814 le pouvoir législatif du roi était partagé par les chambres, et il n'avait plus que le droit de faire des ordonnances en exécution des lois, mais non de réformer les lois ou de les remplacer.

Quant au pouvoir indélébile de la royauté en France, celui de représenter l'organisation sociale, le roi l'avait conservé intact, même après la charte. C'est ce pouvoir originaire dont l'exercice a varié sans cesse, mais a toujours compris et dû comprendre tout ce que les besoins sociaux pouvaient réclamer, sans que cela pût jamais donner naissance au despotisme ni devenir aucunement menaçant pour les libertés.

XXII. Dans l'ordre civil, en 1789, il y avait encore dans l'évocation au grand conseil, un emblème bien imposant du pouvoir d'après lequel le roi représentait la société entière. Toutes les fois que des conflits existaient entre les cours de justice souveraine, ou que des questions de législation restaient indécises, et que la loi était muette, ce droit d'évocation s'exerçait: ce qui attestait que la société, après s'être organisée, avait réuni originairement ou successivement tous les pouvoirs sociaux entre les mains du roi, pour que de la seule autorité royale émanassent ensuite tous les pouvoirs et toutes les autorités nécessaires au bonheur et à la prospérité de la nation.

En effet, cette évocation au grand conseil semblait dire : Les lois émanent originairement du roi, la justice devait être rendue par lui ; ainsi c'est à lui de prononcer toutes les fois que les pouvoirs et les lois qui sont des délégations ou des émanations de son pouvoir suprême sont insuffisantes, puisqu'il en résulte la preuve que cette portion d'autorité, n'ayant pas été déléguée, réside encore en lui.

XXIII. Ce qui était visible et appréciable en matière civile par les évocations au grand conseil était tout aussi réel sous tous les autres rapports. Tous les pouvoirs qui n'existaient point, toutes les lois que les nécessités sociales amenaient, étaient, par une fiction de l'ordre social en France, supposés préexistans dans l'autorité royale, d'où la nécessité, dès qu'elle échéait, en déterminait l'émanation.

XXIV. Mais cela n'aurait encore admis qu'un pouvoir suffisant pour donner naissance à ce qui n'existait pas, et il pouvait arriver qu'il y eût souffrance de la chose publique par l'opposition entre les lois fondamentales et l'état de la société. Pour réaliser la haute mission et l'admirable perpétuité[1] de la monarchie française, il fallait que l'artifice du pacte qui régissait *le plus beau royaume après le ciel*[2] fût tel qu'il répondît à tous les besoins sociaux ; et c'est ce qu'atteignait l'attribut distinctif de l'autorité royale en France, attribut qui consistait à représenter tout l'ordre social; ce qui n'admettait point la possibilité d'un besoin que le roi ne pût satisfaire. Seulement alors il n'imposait plus, il *octroyait;* octroyer c'est donner d'après une demande; mais la donation ne peut être imposée; il faut qu'elle soit acceptée. Ainsi ressort cette vérité déjà énoncée, que jamais ce droit immense de représenter l'ordre social ne pouvait dégénérer en despotisme et être alarmant pour la société.

En effet, comment un don soumis à l'acceptation peut-il opprimer ? Et qu'on ne dise pas qu'on pouvait octroyer ce qui n'était pas demandé, et imposer ce qu'on ne voulait point accepter. On sent que s'il y avait eu mensonge et violence à ce point, le pouvoir qui aurait

---

(1) Dans les papiers secrets de Fénélon, publiés parmi les pièces justificatives de son histoire, on voit que dans les plans de réforme qu'il dessinait avec lui-même, tout était strictement conforme aux lois de la monarchie française, sans aucun atome de fiel, sans l'ombre d'un désir nouveau; il ne donne même dans aucune théorie : sa raison est toute pratique. (De Mestre, *sur l'Église gallicane.*)

(2) Grotius, *de Jure.*

eu cette impudence aurait travaillé à sa destruction plus efficacement que son cruel ennemi. La meilleure preuve qu'il n'en était pas ainsi, c'est que la monarchie française a duré quatorze siècles, et la descendance de Hugues Capet plus de huit siècles. Il ne faut donc pas invoquer des calomnies contre le pouvoir, au lieu d'admirer le mécanisme qui a produit des effets si merveilleux. Ainsi, avant la charte, les rois de France faisaient les lois seuls ; depuis la charte ils s'étaient associé des collaborateurs en législation, ayant par la charte délégué une portion du pouvoir législatif, comme naguère ils séparèrent entièrement le pouvoir judiciaire du pouvoir royal. Mais avant la charte, comme depuis, ils avaient le droit d'octroyer tout ce que réclamait la société. Quand le roi usait de l'attribution de représentant de l'ordre social, ou les besoins sociaux avaient été appréciés à sa diligence, ou ils étaient exprimés par les doléances des cahiers des bailliages, les remontrances des parlemens, celles des états provinciaux et enfin des états-généraux. Si le roi, malgré les clameurs des corps de l'état, eût, sous le nom d'octroi, changé des lois fondamentales ou renversé des pouvoirs sociaux, dans le seul but d'accroître son autorité et de la rendre arbitraire, il aurait été usurpateur ; de même que les états-généraux l'eussent été également, en statuant comme pouvoir sur autre chose que l'impôt; et l'un ou l'autre de ces pouvoirs devenu illégitime n'aurait pu rentrer dans le droit, au lieu du fait, qu'avec les conditions dont j'ai parlé, l'expiation, les mérites et le temps.

XXV. C'est en traitant du droit d'octroyer qu'il convient de prouver qu'en donnant la charte Louis XVIII s'est renfermé dans les pouvoirs qui étaient l'attribut de son autorité. Il a reconnu les nécessités sociales du temps et des événemens de force majeure, qui avaient détruit l'ancien ordre de choses ; il subsistait *des faits* et un seul pouvoir légitime qui était le sien, puisque tous les autres avaient été détruits ; ce qui avait surgi n'avait pas eu le temps de se légitimer par la prescription. Il crut qu'il fallait par sa sanction imprimer lesceau de son autorité aux faits qui lui parurent devoir être générateurs d'institutions utiles et produire des mœurs publiques désirables. Il savait qu'on n'impose point les conditions sociales, qu'on les propose au temps et aux chances humaines, sous la direction de la Providence. Il soumit le tout à cette épreuve, n'intervenant jamais que pour favoriser les harmonies qui pourraient s'établir et les seconder par une puissante protection. Il ne lui appartenait pas de décider que le passé fût assez détruit pour ne pas germer de nouveau, ni signifier à la société française que ses traditions fussent entièrement effacées et ensevelies sans retour sous les systèmes qu'on avait successivement essayés. C'est cependant ce que prétendaient les hommes peu politiques que l'on regardait comme des hommes profonds, parce qu'ils savaient la routine *des affaires après s'y être exercés.*

XXVI. La loi fondamentale, qu'il octroyait, tendait à admettre de bonne foi tout ce qui se manifesterait d'utile à l'avenir; et la preuve la plus irrécusable que ce qu'il octroyait était demandé, c'est que la charte fut accueillie avec reconnaissance par une immense majorité, et exécutée pendant quinze années en développant toutes les sources de prospérité. Ainsi donc il n'avait pas dépassé son droit d'être l'interprète des besoins sociaux; seulement le temps a prouvé que ce qui se faisait entendre alors, comme ayant surgi pendant les perturbations révolutionnaires, ne représentait pas tous les intérêts nationaux ni les véritables besoins de la société, et qu'on n'avait pas assez consulté ce qui subsistait des anciennes mœurs et du caractère national, dont le fondement est l'amour du roi et le principe de l'honneur.

XXVII. Deux lois générales régissent les choses humaines, celles qui ont pour principe l'ordre moral et celles qui regardent l'ordre matériel. Il paraît que le caractère national français était, moralement parlant, plus en harmonie avec l'ancien ordre de choses qui s'était produit successivement, et par la juxta-position des provinces réunies peu à peu et par les affinités des différens peuples, qu'avec les systèmes *à priori* qui s'étaient succédés pendant trente ans.

De cet état de choses il est résulté que tandis que, avec la charte, le mécanisme social marchait en produisant la richesse agricole, industrielle et commerciale, les intelligences divergeaient de plus en plus, par la fermentation de systèmes divers et ne pouvaient parvenir à produire ces mœurs publiques, garans de la stabilité des institutions, et qui font un tout des différentes classes et établissent ces relations des *devoirs* qui sont bien plus protectrices de l'ordre social et bien plus solides que celles des *intérêts*.

XXVIII. L'anarchie morale a été le produit des faits qui viennent d'être exposés. Il s'est formé de grands vassaux intellectuels, qui ont chacun enrôlé sous leurs bannières ce tiers-état de la société, qui existe toujours *de fait*, depuis même qu'on n'a plus voulu qu'il fût constitué comme ordre. Cette classe, dont la position n'est pas faite, est apte à recevoir les influences de ceux qui lui annoncent une conquête à faire; elle a servi aux meneurs pour enrôler le peuple avec lequel elle se trouve en contact plus immédiat que la haute classe, depuis qu'on a enlevé à cette dernière tout moyen de patronage. Au milieu de ce conflit compliqué par l'existence d'une foule de parvenus, car il y en a dans toutes les classes, le roi, qu'on attaquait comme étant de mauvaise foi, a voulu se justifier d'une calomnie contre son caractère, en défendant la charte, au lieu de ressaisir le pouvoir de représentant de l'ordre social, pour satisfaire aux besoins qui se manifestaient par le malaise et la conflagration des partis. Par suite de cette malheureuse erreur il a adopté un rôle passif, jusqu'à ce que ses ennemis fussent maîtres de tous les remparts; et sans avoir rien préparé pour résister, il a tenté de défendre une place déjà envahie.

XXIX. Lorsqu'à une autre époque de la monarchie il y avait aussi des ennemis puissans qui manœuvraient contre elle, à l'aide des forces matérielles, comme dernièrement le firent les chefs des intelligences égarées, les rois surent neutraliser les forces de leurs ennemis en leur enlevant l'immense majorité des citoyens riches et civilisés, dont ils espéraient s'appuyer, et en même temps tous les points où ils auraient pu résister avec avantage aux mesures d'une juste répression.

On comprend que je veux parler de la lutte contre les grands vassaux et de l'affranchissement des communes. Le mot d'affranchissement ne peint pas assez ce qui se passa, ni l'énergie de la mesure.

Car ce n'était point un affranchissement seulement qu'on prononça ; c'était une indépendance presque entière des communes, c'est-à-dire la mesure la plus impolitique, si on l'envisage d'une manière absolue, et la plus sage, si on la considère sous son point de vue relatif, puisqu'on doit applaudir à ceux qui écoutent la nécessité, au lieu de s'arrêter à calculer l'étendue d'un sacrifice indispensable. En effet le roi n'eût pas soulevé les communes contre ses ennemis s'il avait voulu seulement les rallier sous son égide ; il sentit qu'il ne pouvait les rendre indomptables qu'en leur donnant une entière liberté et en se rendant leur auxiliaire ; il fallait les électriser pour leur imprimer assez de force.

Le succès a prouvé que des petites puissances, opposées avec tant d'avantage aux vassaux dangereux, pourraient toujours être replacées sous le joug légitime de l'autorité, parce que les sénats qu'elles s'étaient créés et leurs municipes étaient des pouvoirs complexes où il était facile d'amener des divisions pour y régner. La pusillanimité eût redouté d'autres conséquences de la mesure.

XXX. A l'époque récente que j'ai signalée plus haut, et où il s'agit de l'empire moral perdu par la royauté, il fallait aussi intervenir, non pour lutter soi-même contre les puissances qui dominaient la société, mais pour créer des intérêts et des forces qui n'avaient pu entrer en ligne de compte dans le calcul des hommes qui préparaient l'attaque. Si l'étendue de cet écrit me permettait d'énumérer les mesures qui auraient pu être prises et leurs conséquences, il me semble que chacun les trouverait naturelles ; mais à quoi bon entretenir le présent de ce qui aurait dû être fait dans le passé ?

XXXI. Quant à ce qui a été fait en juillet 1830, il faut partir de cette base, que les pouvoirs sociaux de cette époque étaient légitimes (quoique plusieurs d'entre eux fussent défectueux) ; ils étaient légitimes, car le roi jouissait à la fois des deux prérogatives qui constituent l'autorité royale en France, celle de représenter la société, celle de régner sur ses peuples et de les gouverner conformément aux lois fondamentales. C'étaient donc légalement qu'il fallait procéder.

D'après l'art. 14, le roi pouvait suspendre les lois et régner dictatorialement, faisant exercer son autorité par ses ministres. Toutes les mesures qu'il aurait prises dans cette situation exceptionnelle ne pouvaient être que temporaires, et devaient cesser de plein droit lorsqu'il n'y aurait plus eu lieu à pourvoir *à la sûreté de l'Etat* par un pouvoir discrétionnaire. Il ne résultait pas de ce droit exorbitant par exception celui de modifier ni la charte ni aucune loi; au contraire, envisagé d'après la législation, tout ministre signataire d'une ordonnance contraire à la charte et aux lois devenait prévaricateur, et pouvait être jugé et condamné comme tel. Le roi, s'il eût réussi à soutenir des ministres agissant en contravention avec les lois en vertu d'ordonnances, devenait par-là même usurpateur.

XXXII. Mais si le roi, après avoir suspendu l'exécution des lois et avoir usé d'un pouvoir discrétionnaire en vertu de l'article 14, après avoir réussi à rétablir l'ordre et le calme, eût convoqué près de lui un conseil suprême choisi de manière à représenter tous les intérêts de la société, et que, comme interprète des besoins de cette société, basant ses déterminations sur plusieurs des motifs contenus dans les considérans dès ordonnances de juillet, il eût de sa pleine autorité et puissance octroyé à la nation des modifications plus ou moins étendues à la charte, et corrigé l'ordre de choses existant d'après un système en harmonie avec les besoins sociaux, cette manière de procéder eût été légale, et l'on aurait vu le pouvoir souverain renaître de ses cendres, fort de la paix qu'il aurait procurée et dont son drapeau est l'insigne. Il en est arrivé autrement; on a oublié les traditions de la monarchie et confondu les notions les plus distinctes; on a procédé par un simple acte de gouvernement, par ordonnance contresignée, comme s'il s'était agi de l'exécution des lois, tandis qu'on intervertissait l'ordre judiciaire, qu'on transformait le pouvoir royal, et qu'on investissait des ministres d'un pouvoir despotique. La différence était immense entre cette mesure coërcitive et la concession d'un remède, dont les conseillers sociaux eussent été solidairement responsables aux yeux de l'opinion des peuples, et qui eût été *octroyé*, ce qui admet toujours le droit naturel, inaliénable, de refuser le don par de respectueuses remontrances.

XXXIII. Le fait a triomphé, et si le droit n'a pas cessé d'exister, puisqu'il ne saurait être détruit que par le temps, l'exercice du pouvoir légitime a été, si l'on peut s'exprimer ainsi, *légalement suspendu*, puisque le droit s'était manqué à lui-même. En vain prétendrait-on alléguer que ce conseil suprême, qui aurait dû être consulté, n'existait pas d'après les lois alors en vigueur. Les pouvoirs consultatifs existent toujours tacitement dans l'Etat, puisqu'ils se créent par le seul fait de la convocation du prince. A toutes les époques de la monarchie et surtout à celles où furent fondées, sous Charlemagne et depuis, les grandes institutions sociales, on voit apparaître autour du prince ces représentans de la société choisis çà et là par lui, non point d'après des règles qui l'asservissent, mais selon les occurrences; l'autorité royale appelait partout où elle les rencontrait les hommes les plus éclairés sur l'objet des déterminations à prendre. Et qu'on ne vienne point dire que les élémens de telles assemblées consultatives n'auraient pu se trouver dans la France actuelle; ce serait injurier la Providence, dont le but est toujours *la conservation*, et qui donne les moyens de se procurer les lumières, comme elle fournit les alimens nécessaires aux existences matérielles.

XXXIV. Celui qui, plein d'amour et de vénération pour le père de famille exilé, se permet ces observations, avait, le 7 mai 1830, publié des vues sur la marche à suivre, pour obtenir par les élections le moyen de pourvoir régulièrement aux besoins de l'État[1]. Plus tard il fit une note sur la manière dont pouvait se former le conseil suprême à consulter. Il serait facile de démontrer que cette mesure eût été entièrement conforme aux traditions de la monarchie; et puisque sans cesse on invoque l'exemple de l'Angleterre, comment ne pas l'invoquer pour appuyer la mesure dont il est parlé? Chez elle rien de majeur ne se fait dans l'Etat sans l'intervention du conseil privé, quoiqu'il ne soit.

(1) Voir à la suite le projet de mesures rédigé avant les ordonnances de juillet.

pas même fait mention de ce corps admirable dans la constitution, parce qu'il est regardé comme le complément de la *raison de roi*. C'est un être mystérieux, si l'on veut donner ce nom à toute puissance occulte qui existe toujours, quoiqu'on ne puisse la saisir nulle part; c'est une *Égérie* perpétuelle de la monarchie anglaise, qui veut que tous les souverains de l'Angleterre, malgré les erreurs dont ils peuvent être imbus personnellement, et les systèmes qu'ils professent avant d'arriver au trône, gouvernent avec une sagesse de *Numa*. C'est à cette influence sociale exempte des vicissitudes menaçantes, qui sont la conséquence des influences individuelles, qu'est dû le prodigieux accroissement de la prospérité et de la puissance de l'Angleterre pendant les cinquante années du règne d'un roi fou, et la merveille de cette succession ministérielle qui après les Pitt, fait surgir les Fox, non pour bouleverser ce qui a été fait précédemment, mais pour satisfaire aux exigences d'une anomalie sociale.

XXXV. Ce n'est que par de telles doctrines, par des systèmes analogues à ceux dont je vais tracer l'histoire, et en admettant que le roi recourra à toutes les sources de lumières pour apprécier les faits et leurs causes, que l'on peut être partisan raisonnable de la monarchie absolue. Car ce ne saurait être dans les caprices d'un roi bon, et à plus forte raison d'un mauvais roi, que l'on pourrait établir une confiance sensée; mais c'est dans la pensée que le roi, étant l'homme le plus intéressé de son royaume, à la conservation de l'ordre et de son pouvoir, aura toujours recours aux moyens qui peuvent lui faire apprécier l'état de la société et rendre l'opinion publique favorable aux mesures adoptées; et qu'ainsi il délibérera toujours au lieu de prononcer de son propre mouvement. Au reste, c'est à la délibération réfléchie de tout pouvoir légitime, que sont promises les lumières d'en-haut. Les rois dans leur position élevée se trouvant en contact, comme ils le sont, avec une seule classe d'hommes le plus souvent très personnels, distraits par les honneurs et le cérémonial, par les plaisirs et les diversions de tous genres, ne peuvent méditer autant qu'il serait nécessaire sur la chose publique. Il faut qu'ils aient recours à d'autres appréciateurs des intérêts sociaux. Qu'on ne prétende donc pas affranchir la France d'un conseil suprême, et qu'on ne croie pas qu'il doive être un corps passif. Le conseil aulique, le sénat de Russie et le grand conseil de Castille ne le sont pas, quoiqu'ils ne soient que des corps consultatifs : ils ne le sont pas plus que le conseil privé en Angleterre, qui gouverne de fait le royaume [1]. Pour sentir l'importance des corps consultatifs à la faveur desquels on ne soumet aux délibérations publiques, et l'on ne promulgue que des mesures bien raisonnées, il faut se pénétrer de cette pensée de La Bruyère : « Vous pouvez aujourd'hui ôter à cette ville ses « franchises, ses droits, ses priviléges; mais demain ne songez pas même « à réformer ses enseignes. » On sera encore doublement convaincu de la nécessité d'apprécier l'opportunité des mesures en étudiant à ce sujet les traditions anglaises : lors d'une discussion mémorable du parlement on mit en doute si le roi avait le droit de dissoudre le parlement pendant la session ; il fut reconnu qu'il avait ce droit, *quand l'occasion était importante*. Et qui déclarera l'échéance de *l'occasion importante* de manière à éviter peut-être une révolution, si ce n'est l'assemblée consultative?

XXXVI. Ce qui aurait dû être fait avant la révolution, ne l'ayant point été, il s'agirait d'apprécier ce qui doit être fait aujourd'hui; mais les circonstances ne permettent pas de le publier. Cependant on peut dire que l'expatriation volontaire de la branche aînée ne peut être invoquée contre elle et qu'on ne peut en induire qu'elle a cédé à l'omnipotence de la multitude : nous avons démontré qu'il n'existe point d'omnipotence dans la multitude où chaque individu n'a que des droits personnels; et ce sont là les principes sociaux. De plus, nous avons rappelé que les partisans de la souveraineté du peuple, les rédacteurs de la constitution de 1795, reconnaissaient que la souveraineté ne résidait que dans l'universalité des citoyens; or, il est certain que les manifestations qui ont éclaté en juillet, non-seulement ne partaient pas de l'universalité du peuple, mais ne venaient que d'une minorité presque imperceptible, comme le prouve M. de Cormenin. C'est donc là tout simplement l'in-

[1] *This country is governd by a body not known by legislature.*

surrection; et l'insurrection se trouve condamnée par ceux mêmes qui veulent que la souveraineté réside *dans l'universalité du peuple*, puisqu'elle n'exprime que le vœu de quelques individus.

XXXVII. C'est donc à *un fait* et non à *un droit* d'une nature quelconque, que la branche aînée a cédé, et cela dans l'intérêt de la paix publique. On ne peut pas davantage invoquer la non-intervention des puissances, ni même leur reconnaissance de l'ordre de choses nouveau; il n'a pour résultat que de constituer comme état politique, mais non de transformer le fait en droit.

XXXVIII. Il existe dans la société universelle des rapports et des pactes de différentes natures.

Les uns constituent les familles, les autres les cités; viennent ensuite les nations formant des états particuliers, et enfin le droit politique, ou ce qui établit les rapports des nations entre elles.

Tant que les nations n'enfreignent pas les conditions des pactes qui établissent leurs rapports, et que leur état intérieur n'ébranle point les principes sociaux d'une manière à menacer les autres sociétés, il n'existe point chez les nations étrangères un droit d'intervenir dans les affaires intérieures des autres peuples, si ce n'est dans des circonstances spéciales qui dépendent des traités existans, ce qui s'apprécie d'après le *casus fœderis*.

Si les circonstances qui permettent l'intervention ne peuvent être précisées, ni résolues *a priori,* on peut en thèse générale admettre que les *agnats,* par exemple, peuvent légalement, aux yeux des nations, intervenir toutes les fois qu'il y a des changemens qui altèrent les droits héréditaires des branches de leurs maisons, puisque leur position se combine avec celle des différentes branches régnantes. On peut supposer encore que les traités entre les souverains ont pu comprendre des garanties réciproques dans des cas donnés; qu'enfin des traités de paix dans lesquels on renonçait à exercer tous les droits résultant de la conquête auraient eu pour cause déterminante l'avantage qu'on retirait de voir se constituer un ordre de choses fondé sur des principes en harmonie avec ceux dont on avait intérêt d'assurer la stabilité. De ces différentes suppositions il résulte que l'intervention peut être dans certains cas motivée. Et en effet il peut encore arriver que le souverain de droit ait la faculté de la réclamer, quoiqu'elle ne puisse avoir lieu de propre mouvement. Mais alors deux anomalies peuvent se signaler : dans l'une le souverain de droit lutte et triomphe des résistances, en réclamant immédiatement l'assistance de ses alliés conformément aux traités ; dans l'autre il se retire devant le fait, dans l'intérêt de la paix publique, et pour éviter une lutte dans l'époque de l'ivresse et de l'effervescence d'une partie du peuple, conduite motivée par la crainte d'augmenter les chances défavorables et de faire un grand nombre de victimes. Il n'exerce pas non plus, dans des vues analogues, son droit de provoquer ou de réclamer l'assistance des agnats ou de ses alliés ; mais il n'y renonce pas, et peut toujours user de cette faculté, quand il jugera que les chances en faveur du droit ont augmenté, soit par l'épreuve qu'aura faite la nation, soit par les châtimens qu'aura infligés la Providence, soit enfin, parce que l'ivresse de la prospérité, qui détruisait l'empire de la raison, ayant fait place au calme produit par les privations, des sentimens plus justes et plus conformes aux lois de l'ordre auront pu reprendre le dessus et faire sentir ce que commande l'int érêt général mieux entendu.

XXXIX. Alors cette intervention, qui n'a pas eu lieu de propre mouvement, aura lieu conformément aux alliances ; cette reconnaissance du fait par les diverses nations sera neutralisée par l'ascendant du droit, et le concours des nations alliées sera accordé dans l'intérêt de la paix publique, et pour accomplir à l'aide d'un coup décisif ce qui ne pourrait se réaliser, sans ce concours de l'étranger, que par une lutte plus longue et plus meurtrière. Car de la part du souverain de droit dépossédé, comme de celle des puissances intervenantes, la prudence et l'humanité réclament l'appréciation des probabilités , comme devant être le mobile des déterminations à prendre.

Ainsi, en réclamant l'assistance de ses alliés par parenté ou par les traités, il faudra que le souverain de droit démontre non-seulement la justice, mais la possibilité de l'entreprise. Son intérêt et même son devoir l'obligent dans l'exil à se tenir parfaitement au courant de tous les faits qui se rattachent à la cause du droit; car le droit ne constitue pas une possession sans charge : c'est toujours un contrat synallagmatique, entre celui à qui le droit échoit et Dieu qui le consacre à des conditions envers lui, envers la société et envers la famille du possesseur. Il n'y a que ceux qui possèdent par le fait qui puissent dissiper sans compte à rendre ; mais le droit est toujours obtenu ou transmis à des conditions. C'est ainsi que les rois de droit ne sont qu'usufruitiers de la couronne, aux charges combinées qui leur sont imposées comme représentans de l'ordre social, et comme jouissant d'un patrimoine de famille.

XL. Et qu'on ne suppose point que l'abdication puisse décharger des devoirs : elle ne le peut que si elle a lieu de manière et dans des occurrences qui assurent que ces mêmes devoirs seront accomplis. Jusqu'à ce qu'on ait assuré la possibilité de l'accomplissement des devoirs, on en demeure grevé ; car l'abdication ne saurait être assimilée à la mort, puisqu'elle est un acte volontaire. Ainsi donc le souverain de droit dans l'exil ne doit pas cesser d'apprécier les chances favorables au rétablissement de son autorité, tout en appréciant ses devoirs envers la paix publique, qui domine toutes les autres questions.

Il devra, selon les circonstances, faire triompher le droit dès qu'il en aura la possibilité, soit par son propre ascendant, c'est-à-dire avec l'aide des partisans de sa cause, soit en réclamant les secours étrangers d'après ses alliances.

Mais la prudence lui commande, d'après ce devoir suprême envers la paix publique dont je viens de parler, de mettre de son côté tout ce qui peut assurer non-seulement le succès de son entreprise, mais la stabilité de l'ordre de choses qu'il établirait.

XLI. Et qu'on n'objecte pas comme motif contre l'intervention étrangère l'opinion plus ou moins favorable qui résulterait du triomphe du bon droit avec son secours : un souverain à la hauteur de ses devoirs s'occupe peu de l'opinion qui se manifestera, de l'approbation qu'il obtiendra. Il cherche à acquérir des titres à une opinion favorable, et à mériter l'approbation , sans s'occuper s'il l'obtiendra ; il a la conviction que si quelque chose porte bonheur, fait triompher le bon droit , affermit les états, ce ne sont ni les éloges ni le clinquant d'une vaine popularité, mais l'accomplissement des devoirs ; il sait qu'en méritant la protection d'en-haut, le temps confirmera les arrêts du juste juge, et les proclamera par la voix de la postérité.

XLII. Ainsi, pour réclamer l'assistance de ses alliés, il ne calculera pas quelle sera l'opinion du moment sur cette mesure, mais il cherchera s'il n'a pas à redouter de perfidie de la part de ceux qu'il appellerait à l'aider, et si le bien qu'il veut procurer excédera les maux qui sont à redouter. Quand dans sa sagesse, qui est une sagesse *de conseil*, et non une opinion *de présomption*, et, d'après l'avis des hommes prudens, selon les véritables règles de la prudence, il sera convaincu du parti que commande le devoir, il marchera au but sans s'effrayer des obstacles et sans reculer à la vue des souffrances inévitables, mais passagères, qui devront enfanter le bien. Il ressentira les malheurs de ses peuples, mais les regardera comme le prix auquel ils doivent acheter, ainsi que lui , le bien-être futur.

XLIII. Le roi, dans l'examen qu'il fera des chances pour le rétablissement de son autorité, ne perdra pas de vue qu'un ordre de choses ne s'organise et ne se fonde qu'à l'aide des notabilités sociales : il s'efforcera de connaître quel est l'esprit des hommes notables, et quel concours il peut attendre d'eux ; et s'il n'en trouvait pas assez qui fussent propres à devenir les rouages de la réorganisation, il demeurerait convaincu ou qu'il faut attendre pour agir, ou qu'il faudra gouverner un certain temps sans organiser la société, sous peine de voir la corruption se développer par la contagion des mauvais exemples , d'autant plus pernicieux qu'ils partiraient de plus haut.

XLIV. Quant aux alliés dont l'intervention serait réclamée, les traités ne peuvent les lier d'une manière absolue que sous un rapport, c'est que, sous peine d'attirer sur leurs têtes les châtimens de la Providence, ils ne sauraient méconnaître leurs obligations, soit en ne répondant pas à un appel motivé, soit en profitant des malheurs de leur allié et de la situation de ses états pour exploiter à leur profit des circonstances funestes. La stabilité européenne comme la paix intérieure des états sont deux buts qu'on ne peut atteindre que par des sentimens et une conduite honorables. Si l'égoïsme des nations préside à leurs conseils, le système de représailles éternisera les malheurs sociaux. Il faut donc que des idées d'un ordre supérieur dominent toutes les déterminations qui seront prises.

Elles ne peuvent être généreuses qu'en se mettant en harmonie avec la Providence, et en établissant en principe que le bien ne peut jamais être produit par un mal délibéré.

Je me permettrai d'exprimer ici les pensées fondamentales que je crois nécessaires pour que les déterminations puissent être inspirées par le génie du bien aux arbitres des affaires de ce monde.

XLV. Le corps social individualisé est, comme l'être humain, composé de deux natures, l'une morale ou supérieure, l'autre animale ou inférieure.

Quand c'est le fait qui règne ou les passions, il peut y avoir prospérité matérielle de la nation, comme pour les individus privés de la grace, il peut y avoir bonheur apparent; mais il ne peut y avoir progrès vers la fin que s'est proposée le Créateur. Ce n'est que par l'ordre légitime que les sociétés peuvent parvenir aux fins que leur auteur a eues en vue, puisqu'il faut pour cela qu'elles soient en rapport avec Dieu, c'est-à-dire qu'elles soient soumises *au droit*. Je vais appliquer ces principes.

XLVI. Quand il existe un pacte entre une société et une famille qui règne sur elle, soit légitimement dès l'origine, soit par suite de l'action du temps et la prescription, ce pacte doit être assimilé au mariage des catholiques. Il ne peut se dissoudre de manière à permettre qu'un autre lien se forme légitimement tant que la maison régnante subsiste. Une autre race ne peut donc être appelée à régner que s'il y a extinction complète de la famille régnante, et l'ordre de successibilité au trône ne peut être interverti qu'après l'abdication volontaire du membre de la famille qui règne ou qui est appelé à régner, et cette abdication doit avoir lieu selon le mode prévu par le pacte social.

XLVII. Dès que les conditions qui précèdent ne sont point remplies, les peuples ne sont pas liés par la conscience à l'ordre de choses existant *de fait* comme ils le seraient sous le règne *du droit*. Dans le dernier cas ils sont obligés à la fidélité, tandis que, quand c'est le *fait* qui domine, ils ne sont tenus qu'à la soumission et à l'obéissance nécessaires au maintien de l'ordre public.

XLVIII. Lorsqu'il y a domination d'un fait extra-légitime, le pacte social n'est pas pour cela détruit : il demeure le lien de conscience, et oblige pour l'instant où il n'y aurait plus obstacle à ce qu'il produise ses conséquences. Pour qu'il y ait ordre social nouveau, légitimement composé, il faudrait qu'il y eût décomposition complète de l'ordre légitime existant, et que tous les liens sociaux fussent tellement rompus qu'il n'y eût plus que des individus et un chaos. Les causes les plus violentes produisent rarement un effet aussi complet. Les efforts révolutionnaires en 93, le nivellement sanglant et la dispersion des sommités sociales n'ont pu enfanter ce résultat. C'est que les combinaisons intellectuelles sont plus énergiques encore que celles de la matière ; et cependant les combinaisons purement matérielles ont une telle intensité qu'il faut pour les détruire les plus grands efforts [1].

XLIX. Il existe donc divers états de la société bien distincts. Dans l'un l'ordre social est complètement et légitimement constitué, c'est-à-dire que les modifications survenues dans l'ordre de choses ont été

---

(1) L'eau, combinaison matérielle, résiste à presque tous les efforts qui tendent à sa décomposition. Quatre-vingt degrés de chaleur la font passer à l'état d'ébullition ; elle passe ensuite à l'état aériforme, et subit une dilatation presque incommensurable ; et, dans tous ces états, c'est encore de l'eau sous une autre forme. Pour détruire la combinaison qui la constitue, il ne suffit point d'une puissance immense, il faut encore faire violence aux lois qui régissent ses parties constituantes; alors seulement ses élémens se séparent et peuvent former d'autres combinaisons. Il en est ainsi, et d'une manière plus absolue encore, des combinaisons sociales obéissant aux lois morales imprimées par le Créateur. On le conçoit en songeant qu'il s'agit ici de ce qui a été placé en première ligne pour dominer toutes les autres fins temporelles de la création.

réglées sur le pacte social primitif ; dans le second le temps a légitimé celles qu'avaient opérées le dol ou la violence. Les autres sociétés ne sont point dans l'ordre légitime ; c'est le fait qui règne.

L. Des règles ci-dessus établies comme bases de la conduite des peuples à l'égard des gouvernemens *de fait* on peut conclure quels sont les devoirs du souverain *de droit* quand il a rétabli son autorité. On sent que la conduite à tenir doit être différente, suivant qu'il s'agira de ceux qui ont conspiré contre sa puissance, de ceux qui ont simplement pris part au gouvernement de fait, enfin de ceux qui en ont subi le joug.

Les premiers sont coupables, les seconds sont infidèles, et les derniers malheureux. De cette distinction résulte la différence de conduite à tenir envers les uns et les autres.

LI. Quant aux institutions, celles qui existaient lorsque l'exercice du droit a été suspendu doivent être considérées comme rétablies par le retour du souverain légitime.

LII. Quant à la France, elle doit être considérée sous plusieurs points de vue : 1° sous l'ancienne constitution avant 1789 ; 2° d'après sa situation en 1814 ; 3° d'après celle de 1815 ; 4° d'après son organisation sociale en 1830 ; 5° et enfin, d'après sa position actuelle.

En 1789 la France avait encore de droit toute son ancienne constitution, quoique de fait elle fût altérée, sous plusieurs rapports, d'après les modifications que le temps avait apportées dans ses mœurs et d'après la cessation des relations autrefois établies entre le souverain, les ordres de l'Etat et les corps. Dans une telle situation, qu'il fallait bien apprécier, il n'y avait d'espoir de régénération sociale que dans la puissance royale s'exerçant comme interprète des besoins de la société. Mais pour que le bien-être désirable pût être produit, il fallait que le roi, après avoir pris une parfaite connaissance des faits, non par un appel aux réclamations populaires, mais par le choix de commissaires probes et éclairés, eût cherché à satisfaire les besoins sociaux par des mesures de haute souveraineté. Il fallait surtout éviter de convoquer les états-généraux, parce qu'il était impossible, d'après les cahiers de

doléance, qu'ils se bornassent *à leur attribution de chercher à res-
taurer les finances*, puisque ces cahiers pour la plupart annonçaient
l'intention de refuser au souverain tout secours pécunier et de le priver
même des anciens revenus de la couronne, s'il ne souscrivait le pacte
d'une constitution nouvelle, qui l'aurait réduit au rôle de simple
mandataire de la nation. Il fallait surtout éviter de nommer des
ministres imbus des idées nouvelles, et qui méconnussent les principes
essentiels et fondamentaux de la monarchie. Ils étaient signalés dans
la lettre écrite en 1775 à M. de Maurepas : « Le gouvernement mo-
« narchique devient républicain quand les dépositaires de l'autorité
« royale abusent de leur dépôt pour se faire obéir au nom des lois
« en désobéissant au législateur. »

LIII. Quand, en 1814, le roi remonta sur le trône de ses pères, il
fit, en octroyant la Charte, un acte qui rétablissait la base de l'ancienne
constitution, puisqu'il exerçait ainsi l'autorité souveraine dans son attribution suprême de représenter tout l'ordre social.

La Charte de 1814 ne devait être que l'essai de ce que réclamait la
nouvelle situation de la France ; elle devait avoir pour but de faire reconnaître le pouvoir auquel il appartenait à l'avenir de satisfaire à tous
ses besoins sociaux. Il était donc possible en 1815 de concevoir et
d'établir un ordre de choses complètement satisfaisant, puisqu'une an-
née d'expérience avait fait voir que la Charte, suspendue plutôt que
fondée au milieu des doctrines révolutionnaires et des habitudes du
régime impérial, n'était pas une institution vraiment nationale, mais
avait pour conséquence de rendre la capitale arbitre des destinées de
la France entière.

LIV. Ce qui, en 1815 comme en 1814, avait fait prendre le change
sur la convenance des institutions à créer, c'était le grand ascendant
qu'eurent sur les déterminations alors adoptées les hommes qui s'étaient
accoutumés à croire que le tiers-état, c'est-à-dire ce qui avait le plus de
vie apparente ou le plus de mouvement, devait avoir la part la plus large
au pouvoir et obtenir une influence prépondérante. Ces hommes habiles d'ailleurs n'étaient pas assez convaincus que, lorsqu'on veut un

ordre de choses solide, susceptible de se perpétuer, il ne faut pas en asseoir les fondemens sur les hommes dont la situation n'est pas faite, mais chercher au contraire les classes fixes de la société, pour les faire intervenir dans les institutions fondamentales, laissant au temps le soin de faire parvenir les hommes des classes mobiles à des positions plus stables et s'occupant seulement des moyens de donner aux individus qui deviennent puissans par eux-mêmes la possibilité de se classer dans l'intérêt social.

LV. Les fautes faites précédemment préserveront peut-être la société des mêmes erreurs pour l'avenir ; et si la France s'organisait de nouveau, on reconnaîtrait sans doute la nécessité, non pas d'établir des exceptions devant la loi à l'égard des charges publiques, mais de constituer des classes sociales distinguées honorifiquement par des attributions et des charges dans l'intérêt de la société. Ainsi, par exemple, en admettant les états provinciaux, on pourrait créer un ordre de la noblesse et un ordre de patriciens dans les communes. Le premier serait formé de tous les nobles et de tous les Français qui sont ou qui seraient, ou qui ont été officiers dans l'armée, et qui seraient annoblis de fait par la possession du grade et inscrits d'après la justification de ce grade au corps de la noblesse, noblesse qui toutefois ne se transmettrait qu'en instituant des majorats. La noblesse obligerait au service militaire. Le second ordre, l'ordre des patriciens, aurait aussi des prérogatives, mais devrait remplir gratuitement certaines charges ayant rapport aux établissemens de charité, de bienfaisance, à la voirie, etc.; car il faut admettre en principe qu'il ne peut y avoir d'avantage individuel dans l'état sans charges en faveur de la chose publique.

Ce ne peut être que par des institutions qui constituent les familles, la cité et la province comme élémens de l'organisation de l'état tout entier, que l'on peut créer les mœurs publiques et consolider un ordre de choses, et non par de simples lois et réglemens. Il faut individuellement que les situations soient variées pour que de leur combinaison résultent les mœurs nationales.

LVI. Mais il ne suffit pas d'édifier l'ordre social; il faut assurer le développement des germes qui doivent le perpétuer, et le préserver des dissolvans qui seraient plus forts que les principes de son existence et de sa conservation. À la tête de ces dissolvans se trouve comme le plus menaçant de tous l'action de la presse. C'est sa puissance qui a détruit de vieilles sociétés, et son action triompherait toujours des affinités sociales, s'il n'était pas donné à l'homme de pouvoir parer au mal toutes les fois qu'il veut s'unir à l'auteur de l'ordre. On peut dire de la presse avec bien plus de fondement ce que disait Ésope de la langue. Ainsi ses détracteurs chagrins ne doivent pas plus être écoutés que ceux qui s'en font les apologistes passionnés.

Ce qui fait de la liberté de la presse une question difficile à résoudre, c'est qu'à peine quelques générations d'hommes ont vécu avec elle. Elle est encore dans la jeunesse; elle en a toutes les fougues et tous les attraits, mais aussi tous les écarts. Nos pères la virent dans l'enfance, et partout ils la préservèrent par la censure du mal qu'elle pouvait se faire et de celui qu'elle aurait fait, non par méchanceté, mais par étourderie et malice. Au dix-huitième siècle elle a paru nuisible, mais on fut long-temps sans croire à tous les maux qu'elle pouvait produire, et quand on voulut s'en garantir, on crut pouvoir trouver les remèdes dans les codes qui régissaient la société jusqu'à son apparition, sans trop songer que les anciens ne pouvaient guère fournir de défense contre une puissance formidable qu'ils n'avaient pas même soupçonnée. Cependant la presse échappait à tous les palliatifs qu'on lui appliquait par analogie.

LVII. Quant à la censure, qui avait pu être utile lors de l'ancienne organisation sociale de la France, où le clergé, l'université et les professions, comme les cours de justice, formaient des corps puissans, non-seulement elle se trouva inutile dans la société réduite à l'individualité, mais les censeurs servirent à sanctionner le mal parce qu'ils croyaient exercer une grande sévérité en retranchant ce qui leur paraissait le plus audacieux et semblaient ainsi donner au reste l'adhésion de la puissance publique. Leur intervention égarait donc plus complètement les peuples; d'ailleurs les démolisseurs de gouvernemens et de sociétés connurent bientôt le secret à l'aide duquel ils devaient atteindre leur but ; ils passaient toutes les bornes dans certaines parties de leurs écrits pour que, cette partie retranchée, on laissât paraître ce qui était un peu moins pervers : le pire servait de passeport au mal.

Les censeurs furent donc supprimés, car on sentit l'inutilité de soutenir plus long-temps une lutte si désavantageuse, et on laissa subsister la licence de la presse, car en cette matière les lois répressives ne peuvent rien réprimer.

En vain invoquerait-on l'exemple de l'Angleterre. Ce peuple, après avoir aussi souvent suspendu les libertés de la presse que l'*hábeas corpus* dont on a dit qu'on a pu douter si l'exception n'était pas devenue règle, s'est enfin habitué à la presse comme Mithridate au poison, en viciant son organisation jusqu'au point peut-être de défier le mal. D'ailleurs on est forcé de reconnaître que l'Angleterre est une exception sous tant de rapports qu'on ne saurait appliquer comme règle aux autres états ce qui la concerne. C'est un peuple-roi, puisqu'il a soixante millions de sujets, et se sature, par son commerce, d'une si grande partie des richesses de l'univers. Dès lors la portion riche de ce peuple, dominant la classe inférieure, neutralise par l'union et le patriotisme les causes d'émeute et de révolution. On vient à bout de les vaincre par la séduction et l'argent.

Au reste l'Angleterre ne dissimule pas les maux que lui fait la presse ; mais elle calcule les avantages qu'elle en retire par les maux plus grands qu'elle produit en Europe et à l'aide desquels elle intervient partout : elle apprécie aussi les avantages que la publicité produit quant à la prospérité commerciale et industrielle. Mais les autres peuples ne sauraient invoquer des analogies de moyens pour y parvenir, et ils sont forcés d'aviser au remède. Quant à moi, je ne saurais en concevoir que dans les garanties à exiger de la part de ceux qui useront de la presse, surtout de la presse périodique. On devrait assimiler les rédacteurs de journaux à ceux qui exercent des professions qui intéressent la santé des peuples, et, proportionnant l'exigence aux dangers sociaux, on trouverait un moyen de limiter l'influence de la presse et d'obtenir des garanties. Un médecin, un chirurgien, un pharmacien, dont les professions intéressent la santé du corps, sont soumis à une instruction préalable, et ne peuvent exercer qu'après des examens ; la santé des intelligences intéresse bien autrement la société. Comment donc ceux qui peuvent la compromettre et peuvent à la fois agir sur un grand nombre de personnes ne seraient-ils pas soumis, non-seulement à soutenir des examens de capacité, mais à fournir des garanties sociales par les cautions qu'on exigerait d'eux ? On pourrait instituer un doctorat qui donnerait le droit d'être rédacteur de journaux et des licences qui autoriseraient à y signer des articles ; tout article de journaux devrait être signé. En outre des commissions seraient établies pour admettre les cautions de la moralité des écrivains, et ces cautions seraient judiciairement responsables de toutes les peines et amendes qu'encourraient les écrivains qui, dès lors, seraient forcés d'écrire sous le contrôle de ces mêmes cautions.

Je m'explique : tout écrivain, sur la responsabilité de son imprimeur, devrait être, selon les objets sur lesquels il écrirait, bachelier, licencié ou docteur, conformément à des règles établies ; mais en outre les auteurs d'écrits périodiques devraient être moralement cautionnés par un nombre déterminé de personnes offrant des garanties sociales par leur profession et leur moralité.

LVIII. Tout ce qui précède regarde la société considérée dans ses différens élémens. Avant de terminer cet écrit il me semble utile de prouver que je ne méconnais point les devoirs des souverains envers les peuples, pour que des interprètes malveillans des doctrines que j'ai établies ne puissent pas conclure en sens inverse de ma façon de penser.

Ayant admis que les souverains ne sont point délégués de Dieu immédiatement, mais de la société, leurs devoirs sont réglés par l'organisation sociale à laquelle ils président. Convaincus qu'aux yeux de la suprême justice les vertus privées ni les bonnes actions ne sauraient remplacer ce qu'ils doivent à la nation sur laquelle ils ont été appelés à régner et à la paix publique, ils sentiront qu'ils sont obligés avant tout de bien apprécier le pacte social, les besoins de leurs peuples, et qu'ils sont tenus de rendre compte à Dieu comme mandataires de cette société, et non pas comme ayant reçu une mission déterminée d'en-haut.

LIX. A la tête de ces devoirs on doit placer celui d'imprimer au peuple la conviction qu'il ne pourra jamais porter atteinte à l'autorité souveraine. Car, par une opération involontaire de l'esprit humain qui est un bienfait du Créateur, pour l'empêcher de dissiper sa vie en efforts impuissans, avant d'entreprendre il calcule toujours les chances de succès, et s'il éprouve la conviction de l'impossibilité du succès d'une tentative, il n'entreprend rien.

Ainsi le roi n'hésitera jamais, quand les rigueurs seront nécessaires pour produire plus profondément cette conviction. Qu'on ne croie pas que ce devoir exige la violence. La fermeté est bien plus naturellement l'alliée de la modération que de la violence qui, étant un extrême, ne peut admettre de perpétuité, et doit déterminer une réaction et des concessions, par suite de la nécessité de réparer un tort.

LX. On ne doit pas conclure de cette inébranlable fermeté, premier attribut de l'autorité royale, qu'il ne puisse y avoir progression sociale, mais seulement qu'il n'y aura point progression par secousse. *Le souverain* ne doit pas vouloir les peuples *libres*, mais *assez libres*. Ces expressions simples ont un sens profond et étendu ; car *assez libre* veut dire de manière à être heureux. Avant d'expliquer ce qui doit être la mesure du degré de liberté, je rappellerai ce passage d'un rapport sur l'état de l'Angleterre en 1822 : « C'est une observation « des moralistes que la plus heureuse condition humaine est celle où « la vie n'est qu'un cours uniforme et non interrompu d'actes offrant « chaque jour le même aspect. » Il faut donc, pour assurer le bonheur ici décrit, toute la fermeté du pouvoir, dont j'ai fait le premier devoir des rois, et il faut que la liberté des peuples leur soit accordée sans parcimonie, mais aussi avec une sage sobriété, afin qu'elle soit toujours en rapport avec l'état intellectuel des classes, l'état de civilisation des peuples, les élémens de leur prospérité agricole, commerciale et industrielle, et leurs relations avec les autres empires. C'est de la pondération de tout ce qui constitue moralement et matériellement l'organisation sociale que le tuteur de la nation doit partir pour l'émancipation graduelle des classes. Il en est des classes du peuple comme des différens âges de l'homme. A quoi servirait à l'enfant au maillot d'être privé de toutes entraves, quand au contraire elles sont utiles à la consolidation de ses membres? A un âge un peu plus avancé, si au lieu d'être porté et nourri il était livré à lui-même, il ne pourrait pourvoir à son existence, il périrait ; plus tard il faut encore lui apprendre à marcher ; et après avoir été dirigé dans tous les déve-loppemens physiques dans l'intérêt de son existence matérielle, il faut qu'il le soit également d'après des motifs d'un ordre bien plus relevé dans tout ce qui a rapport à l'intelligence. Enfin ce n'est qu'à un âge déterminé qu'il peut être livré à lui-même.

Il en est de même quant aux sociétés dont les individus ne se développent pas tous aussi promptement les uns que les autres. Dans l'esclavage primitif il faut donc voir des langes utiles devant resserrer certains membres. Successivement les langes sociaux peuvent être relâchés et enfin enlevés.

LXI. Il y a dans l'individualité sociale, comme dans l'homme, des périodes de développement quant aux fonctions matérielles et à celles de l'intelligence. Dans la première période il faut assurer par des travaux pénibles l'existence physique de la société, vaincre pour cela les résistances de la nature, les obstacles opposés par les sociétés rivales, et pour obtenir ce pénible triomphe, se servir d'hommes contraints, puisque des hommes libres ne s'y astreindraient pas. Voilà pourquoi on retrouve partout l'esclavage à la naissance des sociétés ; bientôt après ce n'est plus qu'une servitude déterminée ; ensuite le vasselage ; enfin apparaît la liberté individuelle. Alors commencent les mêmes périodes quant à la liberté politique, dont le degré dépend du développement des intelligences, mais qui doit toujours se borner à rendre l'homme *assez libre*, n'admettant jamais qu'une liberté relative, et non *l'homme libre*, ce qui est synonyme *d'indépendant*. L'homme en société possède donc *des libertés*, et non *la liberté*, et cela dans l'intérêt de son bonheur et de sa dignité. Car c'est seulement ainsi que l'intelligence peut triompher de l'animalité, se développer, être libre et régner à la faveur de l'ordre social.

LXII. Ici la philantropie a besoin d'être consolée par la charité, qui lui apprend que l'homme asservi peut être aussi heureux par les compensations que sait accorder le Créateur que celui qui jouit de l'indépendance avec tous les priviléges de la liberté. Mais au lieu d'établir des théories sur la graduation de l'émancipation des peuples, renvoyons plutôt à l'histoire de notre chère France pour toute la période où elle se laissa protéger par ses rois au lieu de se laisser égarer « par ces no-« vateurs ardens dont les pensées ont des ailes, et qui murmurent « encore quand on chemine lentement du mal au bien et du bien au « mieux. » « Le pouvoir humain ne s'étend peut-être qu'à ôter ou à « combattre le mal pour en dégager le bien et lui rendre le pouvoir « de germer selon sa nature. » Il ne faut d'ailleurs pas perdre de vue que « l'inégalité naturelle est un fait ; les lois et les gouvernemens « tendent à faire disparaître ces inconvéniens par l'inégalité de con-« vention qui doit être ordonnée de manière à protéger tous les « membres de la société ; que même dans un état de civilisation « avancée l'égalité civile est la seule que le citoyen soit en droit de « réclamer ; elle ne se maintient que par l'inégalité politique. »

LXIII. Pour arriver au perfectionnement social sans compromettre le bonheur des peuples, les rois n'imiteront jamais les hommes à utopies, agitateurs aveugles ou pervers dans leurs intérêts, qui veulent répandre les connaissances intempestives et irritantes dans toutes les classes, et jeter l'instruction à l'orgueil humain, être affamé que la raison ne dirige jamais, et qui dévore le poison comme il ferait de l'aliment le plus sain. Les connaissances et les sciences ne sont pas d'une utilité plus générale que les outils de tous les métiers et les instrumens de tous les arts. Ce qu'il faut procurer à l'homme, ce sont des lumières, non celles qui éblouissent, mais celles qui éclairent. Alors il connaîtra ses devoirs, et en les accomplissant il obtiendra en récompense l'inspiration de ce qui sera le plus dans son intérêt, qui ne doit jamais être séparé de l'intérêt d'autrui. Ainsi l'éducation morale et religieuse de l'homme est ce que le souverain reconnaîtra devoir à tous. Quant aux sciences et aux connaissances, il en établira et surveillera les foyers, et laissera aux causes secondes sociales le soin d'y faire puiser ceux à qui elles seront utiles.

LXIV. Je terminerai par exprimer encore l'intention qui m'a dirigé en publiant cet écrit ; j'ai voulu provoquer de la part d'appréciateurs habiles de l'intérêt des sociétés des méditations d'où puissent résulter des mesures utiles à l'ordre social ; et comme j'ai le sentiment intime de l'insuffisance de ces considérations, j'en résume l'objet, pour indiquer d'une manière plus précise les bases d'un travail qui aurait des résultats plus complets et plus satisfaisans.

J'ai cherché à établir : 1° Que les sociétés qui forment les nations sont de droit divin immédiatement, par une propriété de l'intelligence humaine, que féconde l'intervention divine ; ce qui exclut le système de la souveraineté du peuple et du suffrage universel, puisque l'homme ne peut pas plus résister à la tendance sociale que la pierre aux lois de la gravitation ; qu'ainsi la société se forme indépendamment de la volonté individuelle par des circonstances fortuites qui permettent aux lois de la gravitation sociale de s'exercer. D'où il résulte que ce n'est pas par délibération de la volonté individuelle, mais lors de la cessation d'obstacles, lors de l'échéance de circonstances données, que la multitude se crystallise (qu'on me permette cette figure) et affecte des formes sociales.

2° Qu'une fois formées les sociétés ne peuvent se dissoudre légitimement par une détermination des pouvoirs qui les président et ne les ont pas faites ; que tenter cette dissolution est un crime comparable au suicide de l'individu, un attentat que Dieu punit dans le temps comme auteur et modérateur invisible de la société, et qui peut être poursuivi par la société des nations dont il compromet l'existence.

3° Que le pouvoir royal légitime, comme les souverainetés légitimes qui appartiennent à d'autres systèmes, sont une conséquence de l'état social, et n'investissent que d'un pouvoir qui procède de la société et non de Dieu *immédiatement*. Ainsi le droit divin des rois n'est point une émanation immédiate de la puissance divine, comme l'était l'autorité qui régnait sur les Juifs jusqu'à Saül; mais il vient *médiatement* de cette même puissance, c'est-à-dire en tant qu'elle agit par l'intermédiaire de l'organisation sociale qui n'est que la manifestation de la pensée de Dieu.

4° Que tout pouvoir qui ne procède point de l'organisation sociale existante est contraire au droit, par suite illégitime, et suppose la violence ou le dol relativement à la société organisée; que ce pouvoir de fait ne peut être transformé en pouvoir de droit et devenir légitime que par le temps, les mérites et l'expiation, parce qu'alors les lois sociales ont repris leur empire et formé de nouvelles harmonies.

5° Que, tant que le pouvoir de fait n'est point transformé en pouvoir de droit, les peuples ne sont obligés qu'à une soumission extérieure et passive, et au respect envers la puissance qui maintient l'ordre public; mais non selon *la conscience* et d'après les devoirs qu'impose la fidélité.

6° Que les rapports qui existent entre les diverses nations peuvent les obliger à reconnaître les pouvoirs *de fait*, qui deviennent alors par cette reconnaissance *du fait* des pouvoirs politiques, tant que la bonne intelligence dure, sans que le titre soit par-là validé de manière à constituer *le droit*. D'où il résulte que les nations étrangères n'ont pas explicitement la puissance d'intervenir dans les affaires relatives à l'organisation intérieure des autres nations, mais l'ont implicitement d'après les alliances entre les souverains, résultant des traités et des conventions, ou d'après la qualité d'agnats.

7° Que les souverains sont obligés dans leurs états de lutter contre la violence intestine et l'insurrection, et ne peuvent renoncer momentanément à faire triompher le *droit* du *fait* que par des devoirs d'un ordre supérieur envers la paix publique.

8° Que, jusqu'à ce que la puissance de fait soit devenue légitime par la prescription et l'accomplissement des autres conditions ci-dessus exprimées, l'ancien pacte social subsiste toujours comme droit qui impose des obligations de conscience.

9° Qu'en France, en 1814, aucun des gouvernemens qui s'étaient succédés depuis 89 n'ayant acquis la légitimité par les conditions nécessaires pour qu'il y ait prescription, l'ancien pacte social liait encore les peuples à la maison de Bourbon; qu'ainsi Louis XVIII, en vertu du pouvoir qu'il tenait de ses ancêtres d'octroyer *sous acceptation* tout ce qui était dans l'intérêt de la société, avait pu donner la charte.

10° Que l'article 14 de la charte ne donnait point au roi le droit de faire ou de modifier seul des lois existantes, mais seulement momentanément d'en suspendre l'exercice pour la sûreté de l'Etat, et de gouverner avec un pouvoir dictatorial, parce que ce pouvoir de changer les lois de l'Etat et même le pacte fondamental n'existe chez le roi que comme représentant de la société, et doit s'exercer par un *octroi* qui présuppose la demande et est soumis à l'acceptation.

11° Que *de droit* c'est encore aujourd'hui cette charte qui régit la France et Charles X qui en est le souverain *de droit*, jusqu'à ce que les faits qui dominent soient devenus un droit par la prescription et les autres conditions précédemment énoncées.

12° Que le pacte social ne peut subsister que si les affinités qui le forment ne sont pas détruites par des dissolvans plus puissans que les lois qui les régissent; qu'ainsi il faut préserver la société de telles causes de destruction; que la presse est le plus violent des dissolvans sociaux et semble ne pouvoir perdre sa propriété destructive qu'autant qu'elle serait un droit réservé à ceux qui seront revêtus d'un caractère offrant des garanties à la société.

NOTE

RÉDIGÉE AVANT LES ORDONNANCES DE JUILLET 1830.

Vues sur la marche à suivre dans la situation présente.

Le pouvoir souverain qui règne en France est contraint dans ce moment à des mesures d'où dépend son triomphe ou son renversement. Le triomphe peut être tel qu'il sauve la société (car la société ressentira ce qui se passera en France), ou il peut n'être que momentané, et alors tout est perdu, car les ressorts des factieux comprimés réagiraient ensuite avec une violence irrésistible dans le sens de leur tendance désorganisatrice.

Cette tendance actuelle du libéralisme a été suffisamment signalée pour n'avoir plus besoin de l'être. Les élections ont parlé ; les menées qui s'y rattachent, les principes et les doctrines proclamés par les journaux qui se sont partagé les classes sociales, ont laissé tout pénétrer ; et les discours des députés attestent les progrès effrayans de la maladie inoculée à l'époque où s'établit le protestantisme, dont le principe est de méconnaître l'autorité et tout joug imposé à la raison individuelle.

Aux contagions où l'on ne connaît point de remèdes il ne faut songer qu'aux préservatifs : séparer les malades, faire faire quarantaine à ceux qui ont communiqué avec eux. Quel remède moral en effet peut-on employer quand la proclamation du roi et la conquête d'Alger ont pu être dénaturésd e manière à devenir des irritans ?

C'est faute d'avoir connu cette nécessité de la séparation de tout ce qui a communiqué à la contagion que les appréciateurs de la société n'ont pu depuis l'apparition du *Contrat social,* que suspendre l'exécution du plan qui a été formé par les novateurs sans jamais empêcher le progrès.

Cette séparation, qui est impraticable matériellement parlant, est possible si on l'entend au moral; il ne s'agit que du soin d'éviter de donner aucune fonction ayant une action sur le moral des personnes à ceux qui ne reconnaîtront pas en principe et n'auront pas prouvé par leur conduite qu'ils reconnaissent : *que le pouvoir souverain qui est le pouvoir sur tous ne saurait avoir pour origine l'individu qui n'a de droits sur personne et ne peut dès lorsque réclamer l'égalité*; *qu'ainsi le droit divin des rois est la seule doctrine admissible.*

De ces considérations générales il faut conclure que la lutte s'engage entre ceux qui veulent *que tout parte de l'individu et tout se rapporte à lui* et ceux qui veulent *Dieu et l'homme en société* pour principe et but de tout gouvernement.

Le seul moyen de lutter avec avantage contre la faction anti-sociale, c'est de pénétrer ce qu'elle se propose dans le moment pour le rendre inexécutable, et de redouter autant de la part des factieux la modération que la violence; la modération est quelquefois tout aussi utile au résultat qu'ils veulent atteindre que leur déchaînement.

Cette fois, par exemple, ils voulaient consacrer le principe que les ministres doivent être les représentans de l'opinion publique et non selon le choixd u roi;

Que le pouvoir exécutif doit être départi aux dépositaires de la confiance de la chambre des députés; que ce sont là les doctrines non-seulement de la dernière chambre, mais des électeurs de la France; qu'ainsi ce seront celles de toutes les chambres légalement élues.

Ils chercheront à persuader que la violence suspend les conséquences du vœu de la France et ils tâcheront de se mettre en mesure au premier retour de leur puissance d'atteindre le but de faire reconnaître : *que le peuple est souverain et le roi son délégué.*

Tous leurs efforts ont tendu à nationaliser leur manière de voir, à faire admettre « que l'intervention du pays (par le suffrage in- « dividuel plus ou moins étendu) dans les affaires est un droit cons- « titutionnel, et que cette intervention doit être positive dans son ré- « sultat. » Ils ont cherché surtout à isoler le roi réuni à ses ministres et a démontrer qu'ils étaient d'un côté et la France entière de l'autre, comptant pour rien la masse des honnêtes gens paisibles. Il s'agit donc dans ce moment non pas seulement de s'opposer aux actes de la faction, mais d'empêcher que ce qu'elle a semé dans les esprits y germe et se propage; pour cela il faut que le roi prouve qu'il est uni, dans les mesures qu'il prend dans sa sagesse, avec tout ce qui en France représente l'état de société. Car c'est ainsi, je le répète, qu'il faut que la lutte s'établisse pour obtenir non pas seulement un résultat matériel et momentané, mais l'avantage véritablement moral et durable de faire triompher les principes sociaux, l'idée du devoir, des prétendus *droits de l'homme* qui en pratique sont le déchaînement des passions des oppresseurs. C'est le roi et non l'homme qui règne en France, c'est-à-dire le roi délibérant après avoir entendu ses conseils et des conseils toujours (d'apres les fastes de notre monarchie) plus imposans et plus nombreux à mesure de la gravité des occurrences.

Le roi ne se déterminant dans les mesures qui intéressent ses peuples qu'après avoir entendu des conseillers obtient ces lumières d'enhaut que sa haute mission doit lui assurer toutes les fois qu'il prononce *avec informations et même délibération*. C'est ainsi qu'il imprime le sceau de la sagesse à ses mesures et que leur exécution devient plus facile par les caractères de la prudence qu'il leur donne et les garanties qu'elles offrent; mais il ne faut jamais perdre de vue qu'il ne suffit point d'agir sur le moral de l'homme ; qu'il faut encore créer des intérêts matériels qui lient le trône avec ses dépendances. La restauration l'a oublié, et c'est peut-être la cause des oscillations successives qui dans ce moment ébranlent jusqu'aux fondemens de l'ordre de choses établi. Au centre du gouvernement on a créé une chambre des pairs, on a lié des sommités sociales à la conservation du trône; mais pour les provinces rien n'a été fait, et le renversement du pouvoir suprême ne réagirait sur aucune situation des notables des provinces qui demeurent confondus avec les plus obscurs de leurs concitoyens.

Cependant ce qui a toujours distingué les états fortement organisés, c'est la similitude entre le gouvernement de l'état et les élémens de l'administration de chaque province.

Le même pouvoir constituant qui a produit la charte en devrait établir les conséquences pour les provinces, et alors le système général de l'état serait un grand tout bien plus difficile à ébranler par l'appui que se donneraient les parties entre elles.

Projet de mesures.

I. Le roi, en vertu de l'article 14 de la charte, suspendrait la liberté de la presse, etc. etc.; ferait un emprunt qui ne pourrait être remboursé qu'à la faveur d'un bill d'indemnité. En même temps il invoquerait auprès de lui un conseil suprême pour le réunir temporairement, renouvelant ainsi par une sorte d'imitation ce qui se pratiquait au commencement de la seconde race de nos rois et afin d'entendre sur les mesures à prendre les représentans de l'organisation sociale de la France.

Ce conseil pourrait être composé : 1º de trois délégués des évêques et archevêques de France; 2º de trois délégués des pairs de France; 3º de trois délégués de la cour de cassation; 4º de trois de la cour des comptes; 5º de trois des maréchaux de France; 6º de trois des premiers présidens des cours royales du royaume; 7º de trois des procureurs généraux du royaume; 8º de trois des conseils généraux de département; 9º de trois des présidens des derniers colléges électoraux de départemens.

A ces conseillers se joindraient le conseil des ministres et un certain nombre de ministres d'état et de conseillers d'état que le roi appellerait à son choix.

Les délibérations de ce conseil demeureraient secrètes; seulement les décisions que prendrait le roi après l'avoir consulté porteraient : Notre conseil suprême entendu, etc.

II. Le roi, en vertu de son pouvoir constituant et son conseil suprême entendu, par un complément à la charte, établirait dans chaque département de France une chambre des pairs départementale et une chambre des députés dont les attributions seraient déterminées , pris égard aux affaires départementales qui pourraient leur être attribuées et aux répartitions de l'impôt. Les délibérations de ces chambres ne pourraient dans aucun cas être publiques ni publiées que quant aux résultats.

APPENDICE.

Si on applique à ce qui concerne divers états dont la situation actuelle éprouve des vissicitudes les principes et les opinions développés dans le cours de la note dont ceci est la suite, on pourra en tirer des conclusions plus ou moins rationnelles.

De la Pologne.

La Pologne, long-temps en proie à l'anarchie par suite des divisions produites par le système électif s'élevant jusqu'à la royauté, avait vu successivement se relâcher les liens qui formaient son organisation sociale. Ces circonstances avaient diminué la connexion des parties formant le corps politique, parties qui doivent être assez rapprochées pour que l'attraction s'exerce entre elles et les unisse d'après des lois d'affinité sociale.

La Pologne avait ainsi cessé d'être une nation réelle quand elle en portait encore le nom et en conservait l'apparence d'après ce qu'avaient de brillant beaucoup des caractères individuels qui se faisaient remarquer chez elle; ce n'était donc plus que le territoire où avait réellement existé une nation célèbre. Dès lors elle put être démembrée et l'on put partager les populations avec le sol.

Plus tard des tentatives furent faites pour reproduire une certaine nationalité sur une assez grande étendue de son ancien territoire; mais on s'aperçut bientôt qu'il n'existait plus que des individus avec des qualités propres à les réunir en association de propre mouvement et en horde redoutable, mais n'ayant aucune des propriétés sociales, c'est-à-dire cette disposition à soumettre les droits individuels au joug des devoirs sociaux. Alors on eut à déplorer cette nécessité qui nous est contemporaine, de détruire toute trace de la nationalité polonaise dans l'intérêt des restes de ce peuple qui s'était manqué à lui-même comme nation, et aussi dans l'intérêt de la société universelle qui était troublée par les perturbations de ce pays.

La Belgique.

La Belgique, pays souvent conquis et dernièrement long-temps confondu avec la France, fut lors du traité de Vienne l'objet d'une combinaison en harmonie avec celles de l'ère d'alors qui avait pour caractère de régénérer une partie du passé dans ce qui était constitué de nouveau. Elle fut rattachée à tout ce qu'on put réunir des anciennes dix-sept provinces unies; l'expérience semble prouver qu'une réunion complète avec la Hollande n'aurait pas dû être opérée instantanément, mais qu'elle aurait dû être précédée d'une réunion sous le rapport du seul lien politique.

Ce qui s'est passé depuis la révolution de ce pays tendrait à prouver que le peuple belge n'offre que les élémens nécessaires pour s'administrer lui-même, et que dans son intérêt comme relativement à la stabilité européenne il faut que son existence soit liée dans presque toutes ses parties à celle d'un peuple remplissant toutes les conditions nécessaires pour constituer une nation.

Le Portugal.

Quant au Portugal, rien n'y ayant complètement détruit l'organisation sociale, c'est aux pouvoirs sociaux qu'il appartenait de prononcer sur l'opposition qui avait éclaté entre les prétendans au pouvoir suprême.

Si l'on croyait que les décisions portées n'ont pu être libres, peut-être la société des états européens se devrait-elle d'assurer la liberté de nouvelles délibérations.

L'Angleterre.

La situation de l'Angleterre est compliquée comme elle doit l'être d'après l'origine de l'ordre de choses qui y règne et qui est le produit non du pacte social originel, mais d'une usurpation, si on peut donner ce nom à tout état de choses qui a pour origine un fait violent et où le temps n'a pu encore établir une harmonie complète entre les parties qui constituent le corps social.

En Angleterre, le pouvoir royal était originairement un pouvoir suprême qui devait s'exercer d'une manière absolue, avec l'obligation toutefois de consulter l'aristocratie dans toutes les mesures à prendre. Mais il est arrivé que l'aristocratie et les communes ont dominé le pouvoir royal, et ils l'ont modifié quant à l'autorité effective qui doit résider en lui, tout en lui laissant ses attributs apparens.

Depuis cette anomalie, l'aristocratie, puissante à la fois par son ancien patronage qui s'est accru à la faveur des richesses du clergé catholique qu'elle s'était partagées en même temps qu'elle s'était unie au nouveau clergé, a exercé de fait un pouvoir immense sans jamais faire prononcer sur le droit. Cette situation de l'élite de la nation, qui l'obligeait à maintenir son influence par l'habileté et la ruse, a excité toutes les intelligences, et c'est à cette cause qu'on doit principalement rapporter la prospérité matérielle immense qui s'est développée en Angleterre par la lutte entre des pouvoirs qui voulaient conquérir la puissance de fait par l'ascendant sur l'opinion. Ces principes de développement sont donc inévitablement des causes de modification, parce qu'elles produisent sans cesse par la prospérité une aristocratie de fait, aspirant à le devenir de droit. C'est ce que constate la progression de la nécessité de nommer des pairs ; mais ce remède ne saurait neutraliser tous les élémens de transformation sociale qui se produisent. A la suite des sommités aristocratiques il existe une foule de riches exerçant une grande influence et qui ne sont pas satisfaits ; c'est là ce qui, agissant sous le manteau du parti populaire, pourrait bien triompher par le pouvoir du peuple, auxiliaire terrible de toute puissance réelle, quoique ne pouvant rien par lui-même.

Quant à l'aristocratie, sa plus grande force n'est point dans la chambre haute mais dans le conseil privé au nom duquel parle le roi, admirable institution qui a tous les avantages d'un corps sans en avoir les inconvéniens, puisque le conseil privé conserve toutes les traditions et ne saurait offusquer, chacun étant susceptible d'y être admis.

Dans l'état actuel de choses en Angleterre, le conseil privé juge peut-être qu'il faut que l'union d'une royauté et de l'aristocratie réhabilite l'autorité royale, conformément au pacte primitif. Pour cela il diminuera, plutôt que de l'augmenter, la puissance du parlement en réduisant ses attributions au vote du budget et au droit d'accepter la décision royale lorsqu'il y aurait lieu à des modifications aux lois par le roi représentant de l'ordre social.

Pour arriver à ce résultat, il faut que la chambre haute soit unie au roi contre la chambre des communes, après avoir recruté les notabilités plébéiennes, l'autorité royale ne s'étant affaiblie que par la coalition des communes et de la chambre haute.

L'aristocratie ne doit rien redouter à l'avenir de l'autorité royale, même dans la supposition ci-dessus exprimée de son rétablissement dans l'intégralité de son pouvoir; car le roi, au milieu d'une aristocratie aussi puissante que celle de l'Angleterre, ne sera jamais que le *primus inter pares*, surtout si cette aristocratie a su se recruter avec habileté par le moyen de la vente des biens du clergé en lots considérables constitués en fidéi-commis. Cette mesure placerait le clergé sous l'influence royale, puisqu'il serait salarié et fortifierait l'aristocratie par le nombre de membres qu'elle recruterait; rien n'empêcherait d'exiger des qualités spéciales de la part des acquéreurs des biens du clergé. Peut-être la moralité gouvernementale ne sera-t-elle un attribut dont pourra se glorifier l'Angleterre, que quand il ne régnera plus chez elle un ordre de choses mensonger qui met obstacle à ce qu'elle marche vers sa destinée morale en s'unissant à l'auteur de la société.

La France.

Quant à la France, elle ne peut rester constituée en nation et éviter de parcourir toutes les périodes de la décomposition polonaise que si elle reste fortement attachée aux anciennes traditions de la monarchie, car pour se constituer en république il faudrait qu'elle détruisît tous ses élémens sociaux, ceux mêmes qui ont résisté au régime de la terreur; et dans ce cas elle ne devrait pas perdre de vue qu'elle est à l'Europe comme la Pologne est à la Russie. Et qu'elle ne prétende pas récriminer contre l'action que veut exercer l'Europe sur elle; qu'elle soit juste et reconnaisse au contraire qu'elle ne peut s'isoler de cette Europe où son exemple produirait les mêmes résultats que son action immédiate; et en effet, comment cette Europe, dont les états sont à divers degrés de développement social, pourrait-elle consentir aux perturbations qui résulteraient pour elle des efforts d'une fraction plus ou moins grande de ses peuples, sans concert possible, ayant pour but d'imiter la France?

Si la nation française ne peut raisonnablement vouloir se soustraire aux principes de son organisation ancienne et sociale, elle peut espérer, en conservant les traditions de la monarchie, jouir de *libertés fort étendues*; car, comme on l'a démontré dans l'écrit qui précède cet appendice, l'autorité royale en France est investie du droit d'octroyer tout ce que peut réclamer l'intérêt bien entendu de la société; et dans l'opinion de celui qui écrit ces lignes, la France a besoin pour rester une nation de détruire chez elle toute centralisation, et d'accorder des libertés si étendues aux provinces qu'il en résulte presque un gouvernement comme celui des Etats-Unis, sauf les élémens monarchiques concourant au faisceau de pouvoirs dont devrait être armée l'autorité royale. Ce n'est que par cette intervention de tous, non comme individus, mais comme portions d'un tout et comme parties d'un être organisé, que pourra se recréer un esprit public trop près de s'éteindre; et ce n'est que par les sentimens qui se produisent dans les localités qu'on verra se revivifier le caractère national qui est l'amour du roi. Il germera de nouveau du principe qui en fut générateur, du sentiment et de la conviction qu'en France les rois furent toujours la source intarissable du bonheur des peuples et de la prospérité publique.

On sent que pour que le bien puisse se produire il faut qu'il procède d'un *droit non contesté.* Quelqu'un pourrait-il, en écoutant sa passion, repousser une branche qui le possède en faveur de celle qui ne l'a pas et ne pourrait jamais le posséder, branche qui doit sentir qu'elle se desséchera séparée de son tronc, tandis qu'elle peut retrouver l'élément de la vie sous l'ombrage de la mère-tige? En effet, la branche d'Orléans, ayant accepté un trône électif, a renoncé aux droits éventuels héréditaires au trône qui lui appartenaient; elle a reconnu la résiliation, quant à elle, du pacte qui existait entre la nation française et la maison de Bourbon. Elle n'est donc plus apte elle, ni sa descendance, à revendiquer à l'avenir les droits qui auraient pu lui échoir à titre d'Henri IV, en cas d'extinction de la descendance de Louis XIV, si ces droits s'ouvraient, avant la rénovation du pacte établissant les droits héréditaires des descendans de Hugues Capet.

Pour bien comprendre les considérations qui précèdent, il faut apprécier la différence qui existe entre la *déposition*, *l'abdication* et *l'acceptation* dont on traite ci-dessus. La *déposition* contraint et n'oblige point. *L'abdication*, même si elle n'est pas forcée, ne prive que celui qui abdique. Quant à *l'acceptation* de la couronne élective, elle produit les mêmes effets, quant à *l'acceptant* et sa *descendance*, que la reconnaissance de la légalité de l'arrêt d'une cour de justice en matière de propriété : celui *d'anéantir le droit pour soi et ses ayans-droits d'attaquer l'arrêt.*

« Seigneur, levez-vous; que l'homme n'ait pas le
« dessus; faites que les peuples soient jugés en votre
« présence ! » Ps. 9.

25 avril 1832.

9 782014 053159